UNE HEURE
CHEZ M. BARRÈS

PAR

UN FAUX

RENAN

> *Un publiciste judicieux a écrit des conversations de Goëthe avec Eckermann que, si elles n'avaient pas été tenues réellement, il faudrait les inventer.*
>
> M. B.

PARIS
TRESSE & STOCK, LIBRAIRES-ÉDITEURS
8, 9, 10, 11, GALERIE DU THÉATRE-FRANÇAIS

1890

UNE HEURE

CHEZ M. BARRÈS

ÉMILE COLIN — IMPRIMERIE DE LAGNY

NOTE

Cette fantaisie sera-t-elle accueillie avec faveur par les délicats? Sera-t-elle comprise de tous, dans l'entourage littéraire, politique et mondain de M. Maurice Barrès? Plaira-t-elle à ce dernier?

Je veux espérer qu'elle ne le chagrinera point trop. Il ne pourrait en savoir mauvais gré à son auteur, lui qui a dit : « Ce ton, fort reçu envers les mortels, sied-il avec les vivants? On s'accorde, pour l'ordinaire, à parler de ceux-ci avec habileté et de ceux-là seuls avec sincérité. C'est affaire d'éthique personnelle. »

Soyons sincères!

L'AUTEUR.

UNE HEURE CHEZ M. BARRÈS

Jeudi dernier, vers cinq heures de l'après-midi, je passais devant le Palais-Bourbon. J'étais à pied. Un jeune homme imberbe, de teint un peu bilieux, distingué, fort correctement vêtu, me salua profondément, en me croisant sur le trottoir.

Après avoir rendu le salut, je me retournai pour voir si je ne me trompais point en pensant ne pas le connaître — bien que cette tête fine me rappelât un diacre qui s'occupa de l'éducation de mon petit-fils.

Le jeune homme, qui avait continué son chemin, se retourna également. Et, comme je portais la main droite à mon front, me demandant : « Qui est-ce ? » il prit ce geste pour un appel, sans doute, car, venant à moi, chapeau bas : — « Comment, cher maître, me dit-il, vous ne m'en voulez donc pas ? Et vous me permettez encore de vous saluer ? »

Je le regardais, avec le sourire d'un homme qui va s'écrier : « Pardon ! il y a erreur ! » Il crut à une approbation et continua :

« — Je n'aurais pas osé me présenter chez vous, où vous me receviez si bien, avant que j'eusse publié *Huit jours chez M. Renan*... Mais, je suis heureux de l'occasion qui m'est offerte de vous répéter ce que j'ai écrit dans une seconde édition, qui vient de paraître : « J'ai été méconnu par un maître que je goûte fort ! »

J'étais stupéfait. Ce jeune homme croyait parler à M. Renan ? J'ai donc quelque ressemblance physique avec cet homme illustre ?

J'avoue avoir peu lu les œuvres de celui que, voilà une trentaine d'années, le curé du village où j'étais notaire appelait : l'Ante-Christ. Je sais seulement qu'il est fort considéré, qu'il est de l'Académie Française.

L'erreur me flatta. Mais, comme il ne fallait point qu'elle durât, je dis, d'un ton fort courtois :

— Mon jeune ami, vous vous trompez...

Ma phrase fut interrompue par l'arrivée d'un homme, en gilet rouge et habit à larges boutons de cuivre, qui tendit une lettre à mon interlocuteur :

— Pardon, messieurs... monsieur le député, voici une lettre que j'avais oublié de vous remettre...

— « Ces garçons de la Chambre sont bien mal stylés ! » me dit, en souriant, le jeune homme.

D'un coup d'œil j'avais lu, sur l'enveloppe : *A monsieur* MAURICE BARRÈS.

J'allais d'étonnement en étonnement. Je causais avec un député? J'aurais plutôt cru un bachelier venant d'abandonner sa tunique ! Mais je me souvins d'un de mes poètes favoris : « La valeur n'attend pas... etc. » Et je me rappelai avoir, en effet, vu ce nom : Maurice Barrès, dans les journaux, au moment des dernières élections.

Toutes ces pensées, bien entendu, me passèrent par la tête, en une seconde. J'allais reprendre ma phrase : « Vous vous trompez », lorsqu'une idée folle me vint : si je poussais la farce un peu plus loin ? J'étais libre, jusqu'à l'heure du dîner... C'était décidé... je serais M. Renan, et je ferais parler M. Maurice Barrès. Ce jeune homme me paraissait intelligent, sa conversation ne pouvait manquer d'être agréable. Puisqu'il avait écrit un livre, c'est qu'il s'adonnait à la littérature. Puisqu'il était député, c'est qu'il faisait de la politique ; deux choses qui me captivèrent toujours, à mes moments perdus... Oui, j'étais bien M. Ernest Renan.

Mais, comme je ne savais pas à quoi M. Barrès voulait faire allusion, je crus prudent de déclarer, en recommençant ma phrase :

— Mon jeune ami, vous vous trompez .. si vous croyez que je puisse en vouloir de quelque chose à qui que ce soit. A mon âge, on est indulgent... Je ne vous demande que de ne plus parler de cela...

Bien mieux, ne parlez pas de moi, mais seulement de vous. Cela vous va-t-il ?... Ne restons pas ici... Où alliez-vous ?... Je vais de votre côté...

— « Je rentrais chez moi, cher maître... »

— Pour travailler ?... C'est bien... Vous m'y accompagnerez.

Et, comme nous traversions la chaussée, M. Barrès s'écria :

— « Si nous prenions garde à ces voitures ?... J'en ai très peur ! »

— Vous avez raison, répondis-je en riant. A mon âge, je puis me faire écraser... Mourir ainsi, ou autrement... J'ai fini mon œuvre... Mais il serait regrettable qu'en vous renversant, un cocher privât la France d'une de ses futures gloires !

M. Barrès se contenta de sourire, d'un air entendu. Et je crus l'entendre murmurer : « Pourquoi : futures ? »

I

LA POLITIQUE

Quand nous fûmes sur le pont de la Concorde, M. Barrès me dit :

— « Cet endroit est plein de souvenirs pour moi. Ah ! cher maître, si vous aviez vu, l'an dernier, avant les échecs définitifs du parti auquel j'appartiens, les manifestations populaires qui nous y étaient offertes. Nous traversions ce pont et cette place, à la sortie de la Chambre, en serrant des milliers de mains revisionnistes !... C'était touchant... »

Cela était débité avec une nuance

charmante de raillerie. M. Barrès, après avoir enflé la voix aux mots « manifestations populaires », lançait le « mains revisionnistes » sur un crescendo de ton, en scandant les dernières syllabes. L'expression me parut heureuse, d'ailleurs. C'est, je crois, une vraie trouvaille.

— « Mais, reprit-il, toutes ces vaines agitations de vos contemporains vous laissent assez froid... Dites-moi, cher maître, n'avez-vous pas découvert beaucoup de « Général Boulanger » dans l'histoire des Assyriens ? »

— Oui, répondis-je, payant d'audace,... à chaque fois que les hommes voulurent cesser d'être libres !

— « Si je n'étais respectueux, cher maître, je vous dirais que c'est là une phrase que j'ai maintes fois entendue dans les réunions publiques... Mais, sans doute, désirâtes-vous faire une allusion délicate à une de mes œuvres? En ce cas, vous savez, peut-être, qu'en écrivant : *Un Homme Libre* je ne songeais guère à la politique. »

Mon rôle commençait à m'embarrasser. M. Barrès me *collait* facilement, en me parlant des Assyriens. Le « peut-être » de sa dernière phrase m'indiquait qu'il avait dû envoyer son volume à M. Renan. Je sais que les auteurs font ainsi présent de leurs œuvres aux personnes dont l'estime a pour eux quelque prix. Je le sais, ayant reçu deux fois des traductions d'Horace, en vers français, dues à la plume d'un de mes collègues en notariat.

Mais j'évitai une réponse en disant :

— Ah! la politique! Chose bien compliquée. Quelle idée d'en faire, à votre âge! Laissez cela à ceux qui ont épuisé la vie? Vous êtes jeune, vous avez du talent, vous avez de l'esprit. Vous êtes assez beau cavalier pour que les belles dames ne vous soient point sévères. Si vous perdez votre temps à correspondre avec vos électeurs, quand ferez-vous des chefs-d'œuvre? Quand aimerez-vous? Quand vivrez-vous?

— « Laissez-moi vous apprendre, cher maître, répliqua M. Barrès, que je ne corresponds guère avec mes électeurs. Les députés gouvernementaux sont assaillis de réclamations des fonctionnaires qui firent pour eux campagne. Il leur faut courir les ministères, demander de l'avancement pour celui-ci, une augmentation pour celui-là, puis, obtenir un bureau de tabac pour un président de comité, un sursis d'appel pour un réserviste, une réduction d'amendes pour un fraudeur bien pensant... enfin, entretenir des relations avec le préfet, les sous-préfets, les maires et les gardes-champêtres du département... Ils reçoivent, le matin, cinquante lettres exigeant une réponse, et, si le département est proche de Paris, vingt visites, au moment du déjeuner, ce qui bouleverse l'estomac... Mais moi, je suis de l'Opposition... Un fonctionnaire se garderait bien de m'écrire, de peur d'être révoqué. Mes électeurs ne me demandent rien, sachant que je ne puis rien obtenir... Et puis, ce sont de braves ouvriers, heureux d'avoir un représentant connu... Périodiquement, ma signature paraît, dans un journal très répandu, au bas d'un article traitant, le plus souvent, des questions sociales... à un point de vue élevé... Je ne pense pas qu'ils aient jouissance à me lire,.. Mais ils constatent que je m'occupe d'eux. Ils savent mes votes... J'ai une feuille à ma dévotion là-bas, qui parle de moi fréquemment... J'ai déjà, deux fois, rendu compte de mon mandat avec succès... Et en voilà encore pour trois ans et demi... »

Comme M. Barrès se taisait, pour reprendre haleine, je lui dis, avec sincérité :

— Ah ! c'est très curieux tout cela... du moins ce que vous m'apprenez sur le bonheur des députés de l'Opposition. Mais, votre situation personnelle, à la Chambre?... Vous amusez-vous énormément ?

Il reprit :

— « A vrai dire, non. Ce n'est point chose digne de l'attention d'un philosophe qu'un débat sur le « Ré» tablissement du Droit de vaine » pâture, » débat auquel prennent part quatre personnages qui vous parlent du « sein de la Commission » et que seuls trois ruraux écoutent, Pendant ces longues séances, les ministériels font leur courrier. Moi, je préfère aller à la bibliothèque. »

— Ou à la buvette? interrompis-je avec esprit.

— « Je ne bois jamais! me répondit sévèrement M. Barrès. Ma seule débauche est d'aller fumer un cigare dans les couloirs... Si un scrutin se présente, des camarades complaisants ont l'honneur de mettre dans les urnes des bulletins à mon nom. C'est très commode... »

— Et, dans quels termes êtes-vous avec vos collègues?

— « Bien, avec mes amis politiques, naturellement. Au mieux avec quelques membres de la droite... les socialistes catholiques... des gens bien élevés... Mal avec quelques gouvernementaux connus jadis et qui me reprochèrent sottement le boulangisme... Le reste, indifférent. Beaucoup d'imbéciles, là-dedans... Aucun intérêt à les fréquenter... Aucune conversation. En somme, très peu de valeurs réelles à la

Chambre. Je cherche des gens qui soient l'équivalent de Berryer, de Lamartine... je mets Hugo en dehors... Parmi mes amis, un homme que je crois très fort, c'est Laguerre... »

— Vous n'avez pas encore parlé à la tribune? Vous êtes-vous découvert un talent d'orateur?

— « C'est un genre spécial... De l'esprit, de bons mots, réparties vives aux interruptions, et de belles phrases, pour finir, point pompeuses, mais bien rhytmées, dans les notes douces, avec des idées générales... Je n'ai encore parlé qu'en réunions électorales, où je me fis applaudir, bien que n'employant point les habituelles formules... »

— A quand vos débuts à la Chambre?

— « Oh! c'est très difficile!... On ne se figure pas au dehors la façon dont tout cela s'organise... Une fois je veux « prendre la parole », mes amis m'en empêchent. Pas d'ordres, bien entendu... Mais on me prie de laisser un des chefs de file faire le discours... A droite, une autre fois, on me représente que si c'est un boulangiste qui attache le grelot, l'affaire est perdue et on m'engage à y renoncer... Alors quoi?... C'est d'ailleurs chose inutile qu'une interpellation... Le gouvernement est toujours assuré du triomphe... On se fait huer par les ministériels, et Floquet vous morigène avec des sentences que lui souffle son secrétaire... Non... je parlerai un jour, sans l'annoncer, sur une question ouvrière... J'apporterai des chiffres. On sera étonné... Je serai très court... Je dirai que je ne viens pas faire de phrases... Si je préparais une séance? Une salle à la sauce Deschanel? Je serais coulé, sûrement... J'ai des amies qui m'ont prié de les avertir... elles voudraient m'entendre... je m'en garderai bien. C'est une trop grosse partie à jouer, pour le moment... L'an dernier, l'Opposition se faisait écouter... Ah! si nous avions réussi!.., Mais, maintenant... à moins d'événements bien inattendus et qu'on ne peut même pas prévoir... rien à faire... On verra venir... »

— Et le général Boulanger? demandai-je.

— « Cher maître, me dit M. Barrès, nous voici arrivés à la porte de mon logis... Voulez-vous me faire l'honneur de vous y reposer un instant? Le général Boulanger?... Ç'a été un très bon tremplin! »

II

L'ARRANGEMENT DE LA VIE

Donc, nous étions arrivés à la porte de la demeure de M. Barrès. En l'écoutant parler, je n'avais point pris attention au chemin parcouru.

— Vous avez choisi un beau quartier, lui dis-je. Quelle est donc cette place ?

— « La place Malesherbes, répondit M. Barrès. En face, voici l'hôtel Gaillard. Moi, j'habite l'ancien atelier de Bastien-Lepage... l'appartement, pour mieux dire... l'atelier est inoccupé... Il me sert de salle d'armes... »

Nous traversâmes un long couloir et montâmes un escalier à rampe de chêne où je faillis me rompre le cou, vu l'obscurité. Une vraie entrée de cloître... J'ai cherché le bénitier... Trop de moyen-âge, pour un jeune homme aussi moderne. Deux étages. Nous entrâmes. M. Barrès me dit :

— Voici, cher maître, mon *souffroir*, comme dirait mon ami Bourget.

Je ne sais quel est ce dernier personnage. Un soir qu'un vieux camarade de l'École de Droit m'entraîna, en souvenir des fêtes de notre jeunesse, dans de mauvais lieux, j'entendis avec plaisir, au café-Concert, un chanteur, déguisé en ouvrier pochard, qui, je crois, portait ce nom. Est-ce de lui qu'a voulu me parler M. Barrès ? Toutes proportions gardées, M. Gambetta, le grand orateur, ne fréquentait-il pas M. Coquelin, de la Comédie-Française? et Napoléon n'admettait-il pas Talma, parmi ses famlliers? Mais, passons.

J'inspectai rapidement l'endroit où je me trouvais. C'était une pièce de cinq mètres de long, sur quatre de large. Pas de tapis, sur le parquet ciré. Les murs étaient recouverts d'une étoffe bleu-de-soldat. Pas de tableaux, ni de gravures. Sur la cheminée, entre deux candélabres de bronze, une photographie du général Boulanger, en petite tenue, avec une dédicace datée de Jersey. Les meubles, riches et de bon goût. D'abord, une large table de noyer à pieds tournés, couverte de livres, de journaux et de papiers, avec tout ce qu'il faut pour écrire. Une autre table, en palissandre incrusté d'ivoire. Un cabinet de même style. Pas de bibliothèque, ce qui me surprit. Deux fauteuils.

Enfin, un divan, long, recouvert d'un vieux tapis persan, avec un coussin.

Comme je regardais ce divan, M. Barrès me déclara :

— « Oui, c'est là-dessus... »

Je compris et me contentai de répliquer :

— N'en abusez pas !...

— « En user, de façon discrète, suffit bien ! répondit M. Barrès. Ce n'est, après tout, intéressant que comme intermède ! Et je n'y vois point, cher maître, la large joie que vous dites, un jour, être l'une des meilleures choses de la vie... Ce ne furent pas souvent les objets, une minute désirés, que j'y possédai... Il m'eût fallu dépenser trop d'instants et trop de soins... Je suis incapable d'une longue attente... Je profitai plutôt de hasards, que je ne cherchais point à faire naître... Je récompensai aussi des insistances... Des dames viennent quelquefois me demander des billets, pour assister à une séance de la Chambre, ou me prier de signer une des mes œuvres... Ces aventures pourraient divertir un sanguin... Elles m'enlèvent de précieuses heures de méditation, sans compensation suffisante. C'est ce que j'y vois de plus clair... »

— Pourtant. . hasardai-je, timidement, les femmes ont du bon!...

— « Le seul instant où je pense cela, reprit mon interlocuteur, est celui-ci : Après un fin dîner, auquel j'ai peu fait honneur, quelques gouttes de vin authentique et vieux m'ayant légèrement surexcité, je suis au milieu de jeunes dames, très belles, très élégantes et très décolletées, et de respectables amies très spirituelles, je contrefais M. de V... ou dis quelques méchancetés sur M. Z..., l'auditoire sourit avec complaisance. Il y a comme une possession de ces cerveaux. Et parfois, mes yeux s'arrêtent une seconde de plus qu'il n'est convenable sur deux yeux brillants, qui semblent consentir... Mais il faudrait que la chose ne fût pas remise au lendemain! »

— Vous aimez beaucoup aller dans le monde? demandai-je.

— « C'est une distraction plus noble que la fréquentation des brasseries, dites littéraires, répondit M. Barrès. Les artistes qui font fi des salons, me paraissent être ceux qui n'y peuvent pénétrer. J'aime mieux écouter de charmantes niaiseries, dites par une personne gracieuse, ou des banalités débitées par un homme considérable, et cela dans un décor réjouissant l'œil, que d'entendre, pour la centième fois, dans le bruit des soucoupes, un raté débiner mes confrères, ou un grossier écrivain de talent exposer son criterium, en fumant sa pipe. Je me fourvoyai jadis dans ces milieux et m'y énervai. C'est toujours la même chose. Celui qui ne sait pas en sortir n'arrivera jamais à une situation enviable. Ce n'est point là que se bâtit une réputation. Pas plus qu'au boulevard. Fini, le boulevard... Les ancêtres nous le montrent comme l'endroit où se font les célébrités. Ce fut peut-être vrai, dans le temps; mais, aujourd'hui, pensez-vous qu'un article de Wolff ou un écho de Scholl suffise pour lancer un homme? Les chroniqueurs peuvent aider. C'est tout. Dix fois, les journaux du boulevard, réunis, consacrèrent leur Premier-Paris à un roman dont l'auteur était un confrère influent ou un amateur à la bourse largement ouverte; on vendit deux éditions. Ce sont les papotages de salon qui sont utiles, avant tout. Il y a des exceptions, mais rares... C'est moins l'œuvre de Zola elle-même, qui lui donna sa situation, que le scandale qu'elle causa dans les milieux mondains. Et, voyez : Zola, désireux de devenir votre collègue à l'académie, et de tâter sa gloire, autrement que par les rapports de Paul-Alexis, s'est fait présenter dans plusieurs salons, heureux d'ailleurs de le recevoir... Puisqu'un indépendant comme lui finit par faire amende honorable, pourquoi ne pas commencer par où il termine? Il est des auteurs, de talent très médiocre, qui seraient méprisés par tout le monde s'ils habitaient le *Chat-Noir*, et qui vendent à cinq éditions, parce qu'ils sont de bonne compagnie... Vous ignorez, cela, cher maître, parce que vous avez eu des débuts très spéciaux. Mais croyez-vous qu'on eût pris au sérieux l'auteur de *la Vie de Jésus* s'il avait pris l'absinthe, tous les jours, sur le perron de Tortoni et passé la moitié de ses nuits autour de la table de baccarat du Cercle de la Presse? »

J'approuvai de la tête. M. Barrès continua :

— « J'ai ce bonheur d'avoir peu de vices, et d'être irritable. C'est dans cette pièce que je me réfugie pour fuir les fâcheux, et, quand j'y suis, nulle passion violente ne m'appelle au dehors. J'ai l'intérieur d'un homme marié, dont la femme serait, à sa grande joie, toujours en voyage. Dès que cela me fut possible, je pris à mon service une vieille femme discrète et louai un appartement confortable. Je déjeune et dîne chez moi. Je ne vais jamais plus au restaurant. C'est le manque de « chez soi » qui conduit à la paresse trop d'esprits distingués. On travaille en revenant d'une soirée dans le monde. C'est chose impossible lorsqu'on rentre, après avoir lu, par ennui, dix journaux, sur une banquette de brasserie, au milieu de commerçants faisant unc partie de piquet, — je hais le jeu, — ou causant de leurs affaires... »

— Pourtant, interrompis-je, les affaires, cela doit intéresser un député ? Vous connaissez le mot célèbre : « Pas de politique, des affaires ! »

M. Barrès me regarda, comme surpris :

— « Voyons, cher maître, me dit-il, vous ne pensez pas sérieusement que, quoique député, je veuille m'occuper, soit d'affaires, soit de politique. Je disais, jadis, dans l'*Homme Libre*, que je demandais à l'existence d'être perpétuellement nouvelle et agitée. L'an dernier, les circonstances firent que je pus me présenter à la députation, avec des chances d'être élu. Je vis là une lutte... la lutte électorale, d'abord... C'était une période nouvelle, pour moi, et agitée !... Je faillis être assommé par des adversaires trop violents... Une fois député, j'ai trouvé que cette situation a des avantages. On parla de moi, parce que j'étais boulangiste ; parce que j'arrivai, à l'ouverture de la session, avec un bras en écharpe — je m'étais battu la veille, à l'épée ; — parce que j'étais un des plus jeunes élus ; parce que, pour faire de l'esprit facile, des journalistes parlementaires dirent que j'étais un député — décadent, allusion à mes œuvres, mal jugées par ces publicistes. En somme, il m'arriva cette aubaine de n'être point, pour le grand public, l'un des quatre cents inconnus du Parlement. C'est à la fois le député et l'homme de lettres que l'on invite dans le monde. Ceux qui me connaissent ne réclament que moi, sans aucun titre. Mais, si je n'étais point député, et bien que je n'aie joué qu'un rôle de figurant muet, au Palais-Bourbon, ce que je signe, dans les périodiques, aurait-il la même valeur ? Je suis heureux, je ne m'en cache point, d'être député. Comme je tiens à être, plus tard, réélu, et, en attendant, à remercier mes électeurs, je m'occupe un peu des questions qui les intéressent. Questions sociales. Mais, là où un esprit borné consacrerait ses jours et ses nuits, je passe, avec autant de profit, j'ose le croire, de temps en temps, une heure ou deux. Je vote ainsi que je le leur ai promis. Ils auraient pu tomber plus mal. Je me demande parfois si je ne compatis point réellement aux misères des travailleurs. Il me peine, en ce cas, d'avoir fait entrevoir prochaines des réformes qui viendront si tard ! Quant à avoir des ambitions politiques ? Non pas ! Outre que toute porte m'est fermée de ce côté-là, vu mon étiquette, je ne pense pas, pour le moment — changerai-je d'avis un jour ?... — qu'être ministre à quarante ou cinquante ans, pendant quelques mois, soit une compensation sérieuse à dix ou vingt années d'intrigues basses de couloirs et d'études du Budget... Je passe sur les terribles chutes du pouvoir... Voyez mon compatriote Jules Ferry, qui est quelqu'un, en somme... Certes, la députation m'a donné quelques satisfactions d'amour-propre... à cause de mon âge... Je me suis même laissé rajeunir un peu... mais je démissionnerais si j'avais quarante ans... Ah ! je n'ai point besoin de m'interroger beaucoup pour voir que je suis, avant tout, un homme de lettres... »

III

L'HOMME DE LETTRES

— « Oui, poursuivit M. Barrès. Je pense même que je ne suis rien autre. Mais je n'oserais le dire à tout le monde. Si je siège avec régularité, à la Chambre, ce n'est point que je veuille avoir, plus tard, la notoriété facile d'un législateur. Pas plus que, assidu dans le monde, je n'aspire à la réputation d'un mondain. C'est pour servir l'homme de lettres que le solitaire, qui est en moi, a recherché la vie publique, que je me suis présenté à la députation et que je fréquente quelques salons. Quand je lis ou médite, mollement couché, en négligé, dans mon fauteuil à oreillettes, il me faut faire un effort sur moi-même, pour me vêtir et aller à la Chambre ou dîner en ville. Je songe à l'ennui de ce déplacement jusqu'à ce que je sois installé à mon banc, à l'extrême gauche, lorgné par les spectatrices des tribunes, qui trouvent charmant mon air ennuyé, ou bien, à table, à la droite d'une maîtresse de maison, qui tente de faire briller ma verve et est heureuse de voir qu'elle ne trompa point ses invités, en leur disant, par avance, quelque bien de moi... D'ailleurs, je sais que si quelqu'un me désigne à son voisin, il n'est pas dit : « Voici M. Barrès, député de Nancy, » mais bien : « Voici M. Barrès, vous savez?... un littérateur... » Ce serait pour moi une œuvre purement littéraire qu'un discours, de même qu'une conversation n'est qu'une analyse philosophique, un conte, une anecdote et une nouvelle à la main. Et si j'ai tant de mépris pour la plupart de mes collègues du Palais-Bourbon, ce n'est pas à cause de leurs opinions contraires, mais bien parce que ces gens-là parlent et écrivent comme des cuistres, parce qu'ils n'ont pas de personnalité, qu'ils manquent de dilettantisme, et professent des idées toutes faites, banales et bien arrêtées sur tous les sujets. Croyez-vous que j'aie plus d'estime pour certains députés de mon groupe que pour des opportunistes? Une chose me choqua toujours chez les hautes personnalités politiques: les hommes sont classés d'après leurs opinions et d'après leur habileté. Le talent littéraire ne compte pas. Si, au cours d'une discussion un peu embrouillée, vous trouvez le *joint*, si vous posez au gouvernement, ou à l'opposition, une question embarrassante, vous descendrez de la tribune avec une ovation, quand bien même vous auriez prononcé des phrases de construction absurde et que les sténographes auront grand'peine à traduire en français. Mais, qu'un de Mun ou un Félix Pyat prenne la parole, est-il un seul de ses adversaires qui saluera sa péroraison d'un bravo discret ?... Je cite Félix Pyat parce qu'il fut le dernier artiste républicain à la Chambre... Gambetta m'a paru amoindri depuis que je sais qu'il a dit un jour : « Jetons-nous dans la liberté comme dans les bras d'un port ! » M. Joseph Reinach a dû trouver cette phrase admirable, mais je suis convaincu qu'elle fit sourire Henry Fouquier... Ce dernier, lui non plus, ne semble pas pressé de prononcer un long discours... Est-il beaucoup plus considéré, dans son parti, malgré son réel talent de journaliste, que le dentiste David ou le cordonnier Guillaumou ? Et, encore, est-il lu entièrement, puisqu'il se dépense en articles presque quotidiens... On a si vite parcouru les deux premières colonnes d'un journal ! Moi, ce n'est pas dans mes seules chroniques que je puis être apprécié. Et mes collègues ne connaissent même point les titres de mes ouvrages... »

« Je pense voir nettement le monde extérieur... Je porte sur les gens des jugements personnels... Si je concluais comme tout le monde, où serait le charme ? Récemment, je me suis mis à dos l'*Association générale des Etudiants*. Cela m'est bien égal ! Je ne me présenterai jamais à la députation à Paris, dans le quartier du Panthéon. Quant aux élèves de Nancy, je les avais déjà contre moi, parce que leurs anciens furent mes camarades. Si je prononçai sur la « Jeunesse des Écoles », tant cajolée et encensée par les gouvernementaux, quelques vérités sévères, c'est que je lui en veux de ne point aimer la littérature. Elle ne comprend pas les artistes délicats. Je suis certain qu'on fouillerait tous les hôtels meublés, de la place Saint-Michel au Val-de-Grâce, sans trouver un exemplaire de : « *Sous l'œil des Barbares* » ou de « *Un homme libre.* »

« Les étudiants vous lisent, cher maître, sur votre réputation si mal fondée d'anti-clérical. En même temps, ils achètent les ordures que publiait Léo Taxil avant sa conversion... Ils déclament Hugo, mais aussi l'*Examen de Flora*. Pas un seul qui goûte Leconte de Lisle ou Verlaine, que je contribuai à faire aimer de la jeune génération littéraire, en les distinguant, dans les *Taches d'Encre*.

« Je publiai jadis une plaquette : *Le Quartier Latin*, où, déjà, je malmenais mes carabins, potards et apprentis avocats; on la vendit fort, sous l'Odéon... Je m'en réjouissais lorsque le commis de Marpon m'expliqua que c'était à cause de la femme nue dessinée sur la couverture... C'est d'ailleurs ce que j'écrivis de moins bon.

« Je ne suis vraiment en possession de tous mes moyens que si j'analyse mes sensations... Aussi, ai-je affectionné cette étude dans mes deux dernières œuvres... Cela m'a causé même un léger ennui. Pendant que je corrigeais les épreuves de la première partie de *Un Homme Libre*, l'imprimeur m'apprit qu'il ne pouvait continuer la composition du volume, avant d'avoir acheté un gros assortiment des lettres J et M, à cause de la grande quantité de JE et de MOI que renfermait le manuscrit. »

— Le moi est haïssable..., interrompis-je en riant.

— « Oui, répondit M. Barrès, dans les histoires de chasse! Mais, quand on veut exposer des états d'âme, il vaut mieux montrer la sienne, avec le plus de sincérité possible, que de donner à des personnages fictifs des sentiments de chic et de convention... C'est pourquoi je ne fais pas de romans. Les lecteurs que captive la « suite à demain » peuvent aller ailleurs... De même les imbéciles qui trouvent mon style obscur... Qu'ai-je de commun avec M. Francis Poictevin, M. René Ghil et les petits Floupette qui fondent de petites revues, où, entre mages, on fait du symbolisme mystique et anti-bourgeois? Je tente de n'employer point d'expressions communes et usuelles. Je cherche des images nouvelles. Voilà tout... On m'a appelé décadent! Je ne sais pas ce que cela veut dire... Je ne me sers point de mots bizarres ou précieux... Je parle la langue de Montaigne et de Bossuet, la vôtre, cher maître... Si je me suis raconté c'est que, jusqu'à ces temps derniers, je n'avais encore vu que mon « moi » qui me parût curieux à étudier. Plus tard, je raconterai les autres... Quoi de plus intéressant que les souvenirs de personnages célèbres?... Ce sont des œuvres complètes où il y a de l'histoire, de la philosophie, des analyses cérébrales, des critiques d'hommes et de faits... Quel roman de Balzac vivra aussi longtemps que les Mémoires de Saint-Simon?... J'ai bien tâté de la critique littéraire... Mais j'y ai promptement renoncé... On n'a guère que des horions à recevoir et on peut se rendre ennemis des gens d'utile fréquentation... La philosophie pure et l'histoire? La première vous fait connaître d'un cercle trop restreint et procure peu de satisfactions sociales immédiates ; la seconde exige trop de travail préparatoire...

« Je crois peu aux jouissances de l'art pour l'art... Si j'avais la certitude qu'un de mes manuscrits dût rester éternellement dans un tiroir, je ne prendrais pas la peine d'écrire une ligne... Je me laisserais vivre... Si j'ai créé une phrase harmonieuse, ce n'est point parce que j'y constate mon talent, que j'éprouve du plaisir... je songe qu'elle me vaudra l'estime de quelques lettrés, l'admiration de quelques inconnus et l'envie de mes confrères.

« Oui, c'est bien la gloire littéraire que je poursuis surtout. Mais encore sans la chercher facile, la veux-je vite, profitable... Je trouverais stupide l'homme de génie qui, certain d'avoir fait un chef-d'œuvre devant lui assurer ce qu'on appelle l'immortalité, le donnerait à son exécuteur testamentaire, avec ordre de ne le publier que le jour de son enterrement... Ce n'est pas moi qui écrirai jamais de mémoires d'outre-tombe...

« Mais, cher maître, êtes-vous souffrant? » s'écria M. Barrès en s'élançant vers moi.

Je l'avoue, à ma honte, pendant les dernières paroles de M. Barrès, je m'étais assoupi, tout en ne perdant pas un mot de ce qu'il disait.

— Non, ce n'est rien... Je suis sujet à cette indisposition, répondis-je.

A ce moment, un timbre résonna. Bientôt, une vieille, qui avait les allures d'une servante de curé, entra, après avoir frappé deux coups à la porte, et présenta une carte de visite à M. Barrès, qui me dit :

— « Je vous demande pardon, cher maître, mais ne vous ennuiera-t-il pas de vous trouver en présence d'un «*oiseau*» qui me rend visite?»

J'étais curieux de voir la dame que traitait si cavalièrement le jeune député :

— « Au contraire,... faites donc entrer... je sortirai après...

Je comprenais que M. Barrès était heureux de montrer à cette personne qu'il recevait un homme aussi considérable que M. Renan. — Car je n'oubliais pas mon rôle.

Après s'être excusé, M. Barrès sortit. Puis j'entendis un bruit de voix.

Ah! la traîtrise des couloirs! L'aimable jeune homme disait :

— « Ma chère dame, vous me permettrez de vous présenter à M. Renan, un grand écrivain que j'admire beaucoup, mais qui est bien en baisse... Voilà une heure que je suis avec lui... Il n'a pas prononcé vingt mots... Et encore, c'étaient des bêtises... Il m'a laissé parler tout le temps... Et à la fin, il a eu l'impertinence de ronfler!!! »

Je ne m'offensai point de ces paroles. Je savais que M. Renan aurait parlé autrement que moi.

Une dame d'une trentaine d'années, assez jolie, petite, maigre, aux yeux bleus, aux mâchoires inférieures un peu trop développées, entra, suivie de M. Barrès...

— Mon cher maître, voulez-vous me permettre de vous présenter une de mes bonnes amies...

Je m'inclinai. La dame alla s'asseoir sur le divan...

— Je suis venue, Monsieur le député, vous demander deux places pour la séance de samedi... Est-ce possible?

Je m'inclinai de nouveau devant la visiteuse.

— Au revoir mon jeune ami, dis-je à M. Barrès, en lui tendant la main... Sans rancune...

— Je vais vous reconduire, cher maître..., vous permettez, madame?

Et quand nous fûmes à la porte ouvrant sur l'escalier, je demandai, tout bas, en clignant de l'œil de façon significative :

— Est-ce un hasard?

— Non... c'est une insistance...

— Récompensez-la bien... Mais, prenez garde...

CONCLUSION

Le soir, en faisant ma partie de piquet avec mon ami Pierre, je lui racontai l'aventure de la journée.

— « Mais, c'est très drôle, vraiment!... Sais-tu que ce jeune homme t'a montré le fond de son cœur?... Ah! la nouvelle génération!... Tiens, tu devrais écrire cela..., pour donner au public l'idée de ce qu'est une « âme moderne », comme ils disent!... A cet âge-là, nous ne pensions pas tant à analyser nos sensations!... Mais nous sommes arrivés à être de vieilles bêtes de notaires!... Par contre, nous ne nous sommes pas fait de bile... Nous avons encore un bon estomac... N'importe... s'il ne s'amuse pas à faire trop de roulades avec des « *oiseaux* » dans le genre de celui que tu m'as dépeint, la vie de M. Barrès sera bien intéressante! »

FIN

TABLE

ÉMILE COLIN — IMPRIMERIE DE LAGNY

www.ingramcontent.com/pod-product-compliance
Ingram Content Group UK Ltd.
Pitfield, Milton Keynes, MK11 3LW, UK
UKHW022145190726
13855UKWH00003B/1350

9 782013 404242